第七屆現代兒童文學獎獲獎作品
行政院文化建設委員會 指導
立青文教基金會 贊助

阿公放蛇

陳瑞璧 著

評審委員的話

桂文亞：以清新親切的文字來描繪阿公憨厚、善良、勤奮的一生，形象鮮明動人，是具有可讀性的鄉土溫情之作。

林政華：藉放蛇故事表現世代的無奈與堅執，極富台灣鄉土情味。小說寫作的各方面都有水準以上的表現；對兒童少年具有潛化作用。

林文寶：由「一定要記得回家的路」、「每年夏天差不多回來兩三次」編織而成的尋根故事，更可從其中重現共同的文化基因。

目錄

一、林家炸粿店

夏天的早晨，小漁村早早的就撒滿了陽光。最熱鬧的這條街上，賣早點的、賣菜的、賣水果的攤子，早就開始做生意了。上田的農人和下海的漁民，有的開著鐵牛車，有的騎機車或腳踏車，來來往往，行色匆匆的從街上奔馳而過。

我們家是賣「炸粿」的店，門口掛著一塊白底紅字的招牌──「林家炸粿店」四周畫了一些魚、蝦和螃蟹在聊天兒。

我們的店位於街上最熱鬧的地段。

店是阿公和阿嬤經營的，他們每天也都是早早的就起床，在樓下「ㄎㄧ ㄎㄧ ㄎㄡ ㄎㄡ」的，清理炸「粿」的油炸鍋和菜刀、砧板等工具，以及準備這一天裡做生意要用的各種材料。比如：浸米、浸豆子、洗豬肉、洗蚵、洗花枝、洗韭菜等，把所有的材料洗一洗，切一切，調好料泡著。九點多或十點有顧客上門，就可以開始做生意了。

我爸爸媽媽都在村子裡的小學教書，不用上班的時間，都會在店裡幫忙。他們起得比阿公阿嬤晚一些些。哥哥上國中了，也得早起趕早班車去鎮上的國中上輔導課。

我呢，過這個暑假升六年級，是家裡唯一可以多睡一會兒的人（我是這麼想的）。尤其是放暑假，多睡一會兒多好呀！然而——

「啪嗒！啪嗒！」——阿公的腳步聲，正快速的在接近我的房間。大個兒又粗線條的阿公腳步聲好重，「碰！碰！碰！」好像來的是犀牛或大象，地板都要震開一條縫了。不用叫我早就被吵醒了，我拉緊被單蒙著頭。

他大步的走到我的床前，粗魯的掀開我的床單，大聲嚷著：「起床啦！豬！」

我躬著身子坐起來，「啊！」的大叫一聲表示抗議。然後把嘴巴嘟起來，嘟得可以掛兩斤豬肉那麼高，翻著兩顆大白眼看著阿公，我要讓他知道我很不高興這個時候起床。

阿公可從來不吃我這一套，看我坐起來了，就匆匆忙忙的轉身，飛也似的下樓去了。

我明白，他是在百忙之中抽空來叫我的，比如洗蚵洗到一半，或切菜切到一半，聽到老時鐘「噹！」一聲，他會趕忙擱下撈在手中的蚵，或握在手裡的刀，大步大步的走到掛在店裡牆上的鐘面前，抬頭仔細的看看是不是六點半，果然是六點半了，他就會慢跑著上樓，沾滿手上的水或菜屑沿路滴著，掉著。

明白阿公的用心良苦，我當然不會又躺下去賴床。我一躍而起，跳到浴室梳洗完畢，走到樓下，想吃個早餐，看看有什麼忙好幫。我們店裡的工作——泡呀，洗呀，切呀，炸呀，我都會呢，也不會很不喜歡幫忙。

就如阿公說的：「大家一起來，賺錢比較快。」

我也希望幫忙多賺一點錢，去年我們在村外訂了新房子，正需要

錢。爸爸答應我新房子好了就買電腦，阿嬤答應阿公，新房子好了就可以回到他那只在五十里路外，卻已經離開了五十幾年的家鄉，把他們的祖先牌位請過來供奉。這些事情對我和阿公來說都太重要了。

二、「空」安全

剛下樓梯，電話鈴響了。

「鈴……鈴……」

這麼早誰打電話來呀？

「喂！」我跑過去接電話：「請問你找誰？」

「空安全家嗎？我找空安全，快一點！」

「等一下！」是一個女人，找阿公找得那麼急，一定又是要阿公去

幫忙抓什麼，挖什麼或撈什麼，扛什麼，埋什麼的——

「空」安全？

嚇！還有人叫我阿公「空」安全？真沒禮貌。

「啪！」我用力的擱下電話，找阿公去。

我阿公叫「黃安全」，可是這漁村的人都叫他「空安全」。「空」就是很笨，很傻的意思。我阿公「空」不「空」我不予置評，我只知道他是家裡最護著我的人：當爸爸，媽媽拿著考卷指責我：「這種題目竟然考八十分！」的時候，阿公就會皺著眉頭，瞇著眼睛，用很不屑的口氣問爸爸和媽媽：「八十分和一百分是差多少？」

當爸爸、媽媽挽起袖子，拿起棍子要「處理」我的時候，他就會搖著頭問：「又怎麼了？常常擺這種場面，不好看啦！」

爸爸媽媽當然會七嘴八舌的向阿公控訴我的罪狀，如果情況真的很嚴重了，比如有一次，我「捏」死了隔壁叔叔的鴿子（我只是抓著牠玩，不是故意捏死牠），阿公就把我抓到頂樓神明廳，罰跪一個上午。如果只是調皮搗蛋造成的小失誤，他就會說：「連這個也要大驚小怪，男孩子都嘛這樣。」接著他會指著爸爸說：「你自己小時候也常常這樣，我有沒有把你怎麼樣？」

爸爸是村子裡著名的孝子，只要阿公一表示意見，他們的氣就算有飄在大樓頂上的大氣球那麼多，也會像被針扎了一下那樣，慢慢的——消氣了。

據說我阿公的「過去」非常坎坷，以前我對阿公的「過去」並不了解，也沒想到有必要去了解。最近，爸爸媽媽看我越來越像「脫韁的野

馬」就時常在「處理」完我之後，講一些阿公的故事給我聽。這些故事我聽得都能倒背如流了，待會兒我會找機會講給你聽。

對了！趕快去叫阿公聽電話——

「阿公！阿公你的電話！」阿公不在店裡，我大聲喊著朝後面跑去。

我們家的屋子滿深的，樓下全部是店面。店的後面是廚房，廚房後面是廁所和一小塊空地，空地上有一個水龍頭和一台絞米漿的機器。每天早上阿公阿嬤都會在空地上的水龍頭那邊忙。

我跑到那裡找阿公，媽媽在洗衣服，阿嬤耍著她的快刀正在切肉，她身邊的地上擺著一些待處理的菜和魚、肉等東西。阿公也不在那裡。

「阿公呢？」我問他們：「他的電話。」

「在樓上燒香吧！」媽媽說。

對，阿公早晚都會到三樓神明廳燒香的。我跑到客廳和廚房中間的樓梯旁，仰起頭正要大聲喊，阿公下來了。身高一八六公分，體重九十公斤的阿公，慢慢的踩著樓梯走下來，乍看之下很像一個巨人。

「巨人」的頭不大，但臉很大，長長寬寬的，有一點「戽斗」。戽戽的大嘴看起來很開朗，好像咪咪笑著。但小小的，有著厚眼瞼的眼睛長在那張大臉上顯得小了點兒；鼻子大大的，但有點塌；大臉兩旁有一對大耳朵，頭髮和眉毛黑黑粗粗的，看起來有點乾燥。

「阿公，你的電話。」等他走下來了，我才跟他說。

「噢！」阿公簡單的回答後就去接電話了。

我好奇的跟在他後面，想知道一下那個婦人家裡發生什麼事了。

「噢！噢！好。好啦！我馬上過去，妳不要打草驚蛇。」

看阿公的表情，和他提到的「打草驚蛇」，我就明白了，那位婦人要叫阿公去她家抓蛇。

阿公很會抓蛇，村子裡怕蛇的人家，看到蛇跑到他們家裡，就會請我阿公去幫忙抓。

你看，阿公在拿竹簍子了，他抓了蛇就用一個「抓海」的時候裝魚蝦用的竹簍子裝起來帶回家，在三兩天內，他會抽空坐車，從海邊帶著那條蛇到山區去放生。阿公放蛇都是自己去，我們問他把蛇放在什麼地方，他告訴我們：「坐往東走的客運車，途中換兩次車，再走一大段路的一座山上。」

阿嬤以及村子裡的人都笑他說：「這種傻事只有空安全才會做。」

我也感到很納悶兒，曾經問阿公：「阿公，你為什麼要跑到那麼遠的山上去放蛇？」

「不放到山上要放到哪裡？」他促狹的說：「放到海裡去噢？」

「有沒有其他的原因？」我問他。

總有個動機吧！比如「不忍心殺生」——可是，他是個討海人，一年到頭死在他手中的魚蝦螃蟹等不計其數呢。

阿公也從來沒有回答過我這個問題，只是神秘兮兮的笑一笑。

三、「山仔腳」的孤兒

「阿公，」我說：「你要去抓蛇？」

「是呀！」阿公說：「莊外有一戶人家的院子裡有蛇！」

我走過去拉拉他的手肘，說：「我陪你去。」

「好啊！」阿公笑瞇著眼，淘氣的對我說：「愛跟。」

我對他做個鬼臉笑一笑。

我們一前一後的走到隔壁小空地上，牽出擱在那兒的腳踏車，迎著朝陽出發了。

過了長橋出了村子，我們在陽光普照的路上慢慢的踩著踏板。慢慢的踩著踏板——

民國三十二年，阿公九歲。住在從我們這個漁村往東走約五十里路外的一座山的山腳下，那個村子的名字就叫「山仔腳」。

「山仔腳」是屬於滿偏僻的地方，住的人家不多，這邊一戶，遠遠的那邊再有一戶。這些農家住的都是「竹廣仔厝」，都有寬闊的庭院，後面是山，前面有圳溝、有農田，風景很美。那是阿公的第一故鄉。

那時候人家都叫他「阿全」——

阿全本來和阿公、阿嬤、伯伯、伯伯、伯母、阿爸、阿母及妹妹阿麗，還有幾個堂兄姊弟妹住在一起，一大家人過著安貧樂道的生活。那時候阿

全是個健康、快樂的小孩，只是有點內向，不愛說話；也因為長得有點不好看，常常被罵「馬臉」而有些自卑，所以看起來「浩呆浩呆」的。但是阿爸和阿母還是當他寶貝，尤其是他阿爸，不管做什麼事情，無論到什麼地方，都喜歡帶著他。

阿全九歲那年夏天的一個早晨，阿全和平常一樣早早的起床了，路過阿母房間時，看到阿母房間的油燈亮著，好像有人在裡頭忙。

「是不是阿母生了？」阿全高興的跑向阿母房間。

「喂！阿全，你進來幹嘛？」阿全前腳才踏進阿母的房間就被阿嬤趕出來：「你阿母要生了，男生不要進來。」

阿全只好轉身快步跑離開，背後傳來一聲悽厲的：「啊——」，阿全知道那是阿母快要生了。但不知道為什麼？他覺得心頭好悶呀！

外頭下著雨，雨越下越大。阿全跑到大廳裡，看到阿公、伯伯和阿爸在討論阿母生產的事情，好像在考慮要不要叫產婆的問題。

「轟！轟隆隆！」開始打雷了。

雷聲和阿母的叫聲互相比賽似的，一聲比一聲兇猛，一聲比一聲悽厲。

「我去，我去。」阿全的阿爸取下掛在牆上的蓑衣說：「我去請產婆來。」

阿爸說著從牆上取下蓑衣，就衝進大雨裡去了。

「過圳溝的橋要注意喔！」阿公在背後大聲叫著，不知道阿爸聽到了沒？

阿爸去好一會兒了，一片白茫茫的大雨裡，依然不見有人來。

「產婆為什麼還沒來？產婆為什麼還沒來？」阿全和阿公等家人都站在屋子裡，心急如焚的望著屋外的滂沱大雨。

阿母的聲音越來越弱了。

「雨這麼大她不可能來。」幾個大人都這麼說。

在家人急得團團轉，卻無計可施的情況下，阿全的阿母痛苦的嚥下最後一口氣。全家人都號啕大哭了起來。

「我們不要做沒有阿母的小孩。」阿麗一聲又一聲的喊著，阿母還是一動也不動的躺著。

「奇怪，阿全的阿爸怎麼還沒回來？」哭了一會兒，阿公擦擦眼淚說：「都中午了。」

「我出去找，現在雨小多了。」阿伯說著穿上另一件蓑衣出去了。

一直到天快黑的時候，阿伯和村子裡的人才在圳溝下游的地方撈到阿爸僵硬的屍體，把他抬回家來了。

「怎麼會這樣？」阿全嚇呆了，他跪在地上，一下子摸摸阿母，一下子摸摸阿爸，一直喃喃自語：「怎麼會這樣？怎麼會這樣？」

「怎麼會這樣？」其他的家人也驚慌失措的哭著，眼淚都要哭乾了。

那天晚上，雨過了，滿天繁星下，青蛙咯咯咯的叫著，阿全的阿爸阿母並排躺在大廳昏暗的煤油燈下。阿全和妹妹在一日之間，變成了無父無母的孤兒。

四、離開「山仔腳」

半年後，憂煩過度的阿嬤也過世了，伯母生下他們的第五個孩子，在物質相當匱乏的年代，在一個田地並不多的家庭裡，養七個孩子對伯父來說負擔太重了。

「我看不如把阿全和阿麗送給人家養，」阿伯和伯母都這麼說：「我們家都快斷糧了。」

他們說了幾次之後，阿公只好答應試試看能不能找到好的人家了。

他們四處托人幫他們兄妹找需要領養孩子的人家。不久，鄰村一對沒有孩子的夫婦來領走了妹妹。只是阿全遲遲等不到適當的因緣。

一年後的一天晚上，村子裡一個嫁到「海口」去的婦人，阿公要阿全叫她彩雲姑的，趁回娘家之便來到阿全家。

「阿全，我們村子裡有一戶人家想雇一個『長工』，還說小孩子也沒關係，幫忙放放牛和做一些雜事就好。我一下子就想到你。」彩雲姑說：「去海口當長工比在這裡吃不飽穿不暖的好，那戶人家雖然不算大富翁，但是比你們好太多了。你去那裡工作，他們會給阿公一些錢，你能換個三餐吃也很不錯呀。」

「……」阿全沒有說話，他不知道要說什麼？

阿公覺得這也是一個辦法，但他看瘦得像竹竿的阿全，這麼小就要去那麼遠的地方當長工，心疼得眼淚撲簌簌的滾了下來。

「阿全，阿公也很不忍心你離開，可是，阿公自己一身的病，保不了你呀！」阿公老淚漣漣的說：「阿全，你是乖孩子，你會遇到好頭家的，你勇敢的去喔！」

阿全眼看瘦弱得像風前殘燭般的阿公，用顫抖的雙手擦著淚，再想到他即將離開這個他從來沒離開過的家鄉，遠赴一個他絕對陌生的地方，他又傷心，又害怕的哭了起來！

阿公看阿全哭了，更加的老淚滂沱了，他哭著對阿全說：「阿全，當人家長工要聽頭家的話，頭家叫你做什麼你就做什麼，除了壞事，什麼事都要學會做，這樣人家才會疼惜你。」

「好。」阿全點點頭，他心裡明白，不管他願意不願意，他都得去「海口」當長工了。

他不知道「海口」是什麼樣的地方，他也不知道「長工」要做什麼事。他的感覺是：沒有了阿爸、阿母，就什麼都不一樣了，妹妹要離開這個家，他也得離開這個家。他覺得自己好像一片落葉，就看風要怎麼吹了。

兩天後，阿全帶著一個只裝兩套破衣服的包袱，跟彩雲姑離開家鄉了。

臨走前，阿公帶他在廳堂裡給祖先，包括他的阿爸和阿母上香，阿公要他告訴堂上的祖先說：「堂上歷代祖先、阿爸、阿母、阿全現在暫時離開家，要到「海口」地方討生活，請你們保佑我，讓我一切平安順

利，將來若有本事成家立業，一定回來帶你們去供奉在我的廳堂上。」阿全照阿公教的話，很誠懇的唸了一遍，最後自己加了一句：「也請你們保佑阿公身體健康。」

拜好了，阿全踏出大廳的玄關，他跟阿公說：「我想再看看阿伯和伯母及堂兄弟姊妹。」阿公說：「他們都上田去了。」「噢！」阿全失望的，含著淚走出單薄破舊的竹廣仔厝，一步一回頭的走到車站。

他告訴自己：「一定要記得回家的路。」

五、好大的蛇喔

要抓蛇的那戶人家快到了吧？

我跟著阿公把腳踏車彎進一條小巷子裡，進入一戶有著大大的院子，一大片紅磚灰瓦三合院古厝的農家。這農家的院子裡有兩棵好老了的大榕樹，還有大小不等的一些盆栽。院子東面靠牆邊有一大堆堆得快和房子一樣高的乾稻草。

稻草堆的四週，站了好幾個小孩和一個阿嬤模樣的婦人，每個人神色都慌慌的，手裡拿著棍子、鋤頭等工具，眼睛睜得老大的盯著那堆稻草堆看。

「來了！來了！」看到阿公，他們興奮的嚷嚷著：「空安全來了。」

我們把腳踏車騎進院子裡，他們如逢救星，個個咧著嘴笑了。

「阿全仔，你怎麼到現在才來？」那個阿嬤手裡拿著一把鋤頭，朝阿公走來，跟他說：「臭倩母喔，好大！差不多我孫子手臂那麼粗，一丈多長，躲在稻草堆裡面。」

阿公笑咪咪的把鐵馬停好後，快步走到稻草堆旁彎下腰來，捲了幾下長褲的褲管，蹲了下來。我想他一定是在察勘地形。那四五個小孩你推我擠的搶著蹲到阿公的身邊，我都被擠到一旁去了。

「這條蛇不知道在發什麼神經，七早八早的來到我們家院子裡。剛剛我忙好了廚房的工作，走出來的時候，看到牠在院子裡直溜溜的躺著，好大的一條蛇，我啊——的大叫了起來，牠就咻——的衝進稻草堆裡去了。」

那位阿嬤驚魂未定的比手畫腳的說著。蹲在阿公身邊的小孩也餘悸猶存的對阿公說：

「那時候我們還在睡，爸媽都上田去了，整個家靜悄悄的。忽然聽到一聲好難聽的尖叫聲，我以為壞人進來了，嚇得躲在棉被裡都不敢吭聲。」

「後來阿嬤改喊：蛇啦！有蛇啦！我們才趕快起床，去找棍子來支援阿嬤。」

「阿全，」那位阿嬤對我阿公說：「我用長竹竿把牠趕出來，趕出來給你抓嗅？」

「好，妳趕趕看吧！」阿公漫不經心的說：「趕趕看，牠不出來就算了。」

「怎麼可以算了？」那位阿嬤說：「牠都會偷吃我們的雞蛋。」

阿嬤率先舞動著長竹竿，往稻草堆穿進去。其他的大小孫子也戰戰兢兢的利用手中的棍棒幫忙，膽子大一點點的走過去拍打著稻草，膽子小的站在一旁大聲吆喝著：「蛇出來！蛇出來！」

阿公在稻草堆四週兜著方步，我跟在他背後依樣畫葫蘆。

「在那裡！」最勇敢的，離稻草堆最近的那位小男生，突然大叫一聲，用他手中的棍子指著稻草堆下的一個地方，慌張的告訴阿公。膽小的孩子一口氣跑到遠遠的地方，墊起腳尖，伸長脖子往那小男生指的方向眺望。那阿嬤也跑開了幾步。

我一顆心怦怦的跳著，但我勇敢的沒有跑離開阿公身邊。

阿公一下子就看到蛇了，我也看到蛇——的頭了，是橢圓形的頭，沒有毒。我稍稍放下心來，牠躲在稻草堆裡，正探出頭來小心翼翼的往外觀望，看起來神色有點兒慌。

阿公手中握著一把鋤頭，悄悄的走近那條蛇的身邊，我還是跟在阿公的背後，亦步亦趨的走。

那蛇似乎感覺到有人正在靠近牠，「脖子」伸得長長的，眼睛「滴溜溜」的左顧右盼。我以為牠發現我們的時候會轉身往稻草堆裡面鑽，但是，牠沒有。當阿公「挺身而出」的把自己亮在牠面前的時候，牠竟

然「咻！」的往前衝出去。想要「闖關」吧？但，就在牠才一衝出去，整個身子露在陽光下的剎那，阿公的鋤頭柄已輕輕的壓在牠身上了。而，當牠驚訝的抬起頭來時，阿公的手已掐住牠的脖子了，牠的身體好粗好長，緊緊的纏在阿公的手上。阿公帶著牠站了起來。

「萬歲！萬歲！」那幾個小孩不再害怕的大聲歡呼了起來。我也跟著瞎嚷嚷。

阿公把蛇擱進他帶來的竹簍子裡，掛在腳踏車的把手上。

「好大的蛇喔！」我驚訝的對阿公說，阿公點點頭。

在那位阿嬤和孩子們的道謝聲中，阿公笑咪咪的帶著蛇跨上鐵馬，我趕緊跟上去。我們一前一後的在回家的路上，慢慢的踩著踏板，慢慢的踩著踏板——

六、第一次打蛇

到「海口」陳家當「長工」的第二年夏天，阿公十二歲。在「海口」，大家也都叫阿公「阿全」。

有一天中午剛吃過午飯——

「阿全啊！」頭家喊他：「今天下午你不用上田，留下來把倉庫清一清。」

「好。」阿全回答著，就起身要去工作了。

「搬不動的工具不要搬，搬得動的要搬出來才好打掃。」

「好。」

阿全的頭家差不多阿全阿爸那個年紀，對阿全很好，雖然每天都有忙不完的工作，但他不會像其他的頭家那樣，對長工很刻薄，吃不好，穿不好，有時候還會被罵被打。

阿全的頭家從來不嫌阿全食量大，他們常常說：「打拚做，勤勞吃。」就是「能吃才能做」的意思，因此才到「海口」一年，阿全不但長高了，身上也長出了很多肉，變得又高又壯。他的主要工作是管三頭牛的吃喝，清理牠們的拉撒和一些雜七雜八的事情。比如：今天下午，頭家要他清倉庫。

「整理的時候要注意，倉庫裡有時候會有蛇在那裡頭住。」頭家娘

補充著說：「看到蛇就把牠打死，不要讓牠跑了。」

「……」阿全面有難色的皺著眉頭，瞇著眼低下頭玩弄手指頭，遲遲的沒有回答，平常只要頭家家裡的人吩咐他做事，他都會很勤快的回答：「是！」

「阿全，你怎麼沒有回答我的話？」頭家娘不解的望著他說：「發現蛇就把牠打死。你不敢嗎？」

「我……我……」阿全支吾著說：「我阿公有交代過，我們山仔腳的人是不殺蛇的，看到蛇只能把牠趕走。」

「唉唷！那是在山仔腳，你現在是在海口，」頭家娘說：「你們山仔腳靠近山，看到蛇把牠趕走，那蛇會往山區去；我們這兒沒有山，蛇也不會到海裡過生活，你把牠趕走，牠會四處亂跑亂闖，萬一咬到人怎麼辦？我們村子裡有好幾個人被蛇咬到，有的就死了呢！」

蛇竟然把人咬死了！在阿全的心中這簡直不可思議。就乖乖的點點頭說：「是！我看到蛇就把牠打死。」阿全說完就轉身往倉庫走去了。

倉庫在這座三合院的西邊，他們家有兩頭大牛和一頭小牛，倉庫在牛舍的隔壁，而倉庫的隔壁就是阿全的房間了。這兒的房間是磚頭砌成的，比「山仔腳」老家的「竹廣仔厝」牢固安全多了。

阿全站在牛舍外頭，看看牛舍裡正在休息的三頭牛，再看看倉庫。這倉庫滿大間的，堆的東西不很多，用一個下午的時間打掃好這個倉庫，對阿全來說不是問題；問題是頭家娘提到的蛇，想到蛇，想到必須把牠打死，他全身涼了一下。

他先把那站在門口的三捆牧草拉出來，再依次把鋤頭，犂耙和一些

籮籮筐筐的東西拉出來，放在院子裡。較輕的東西拉完了，阿全看到一張破舊的通鋪床靠著裡面的牆壁。

「這裡本來是一個房間吧？」他仔細的看了看：「那通鋪可以睡好多人。」

午後的陽光投射到儲藏物快被搬空的倉庫裡，一股陰濕的霉味在屋子裡飄散。床鋪底下還有幾袋用麻袋裝著的不知道什麼東西。

阿全站在床邊，先取下床上的物品，評估一下它不會破，便順手一扔，扔到外頭去了。

「沙沙沙！」床鋪底下有聲音。

阿全想到了頭家娘提到的——蛇。他迅速的往門外衝出去，心怦怦的跳著。

「沙沙沙！」聲音越來越響，好像一陣陣詭譎的腳步聲。

「怎麼辦？」阿全覺得很怕，在山仔腳，他也看過蛇，蛇也到過他家，那時候他並不覺得蛇有什麼好怕的，看到蛇把牠趕走就行啦！蛇不如想像中的可怕，只要你不先去攻擊牠，大部分的蛇不會先攻擊人，更不會賴著不走，有時候只要大聲一嚷嚷，牠就跑得像飛也似的。

在阿全的記憶裡，山仔腳的人對蛇都很溫和的。有幾次，他看到阿爸抓蛇，那是當那條蛇有點「秀斗」，慌得不知道要往那兒跑的時候，阿爸就會很技巧的挨到牠身邊，輕輕的捏著那條蛇的脖子，蛇被抓到會慌張的把長長的身子纏在阿爸的手臂上。阿爸還曾經讓阿全摸摸那蛇的身體呢！冰冰涼涼的。

阿全也不只一次的跟阿爸去放蛇，那是他們家後面不遠處的一個山

崖邊。阿爸蹲在山崖邊，慢慢的解開纏在手上的蛇的身體，和藹可親的對蛇說：「回去喔，回去找你阿爸，阿母。」阿爸說完這些話就鬆開捏住蛇脖子的手，那蛇就快速的往草叢裡鑽進去了。望著蛇沒了蹤影，阿爸就會拉著阿全的手，神情愉快的走回家。

「我要趕走牠還是打死牠？」阿全站在門外，望著床鋪發呆。

「如果我會抓蛇就好了，」他很後悔他還沒學會抓蛇：「要不然我就可以抓著牠到沒有人的地方去放牠回家的。就像阿爸那樣。」

那條蛇好像不再「走動」了，沙沙沙的聲音沒有了，但阿全知道牠還在那邊。

「出來，你出來我不會打你的。」阿全站在高高的玄關外，對著床底下的蛇喊話：「我們山仔腳的人是不打蛇的，我阿公、阿爸、阿伯看到蛇都會放牠走的，真的。」

沒有動靜。

阿全又嘰哩呱啦的對著床底下講了好多話，但都得不到回應。

「先把牠趕出來再說，」他去取了一枝長竹竿，自己站在門口，用力舞動長竹竿，把它伸進去床底下，挪動那幾包雜物，那些東西並不重，三兩下就被弄出床底下了，床鋪底下好髒哇！藉著午後強烈陽光的照射，床底下那一大片蜘蛛網和灰塵的當中，有一條灰黑色的「東西」在那兒，神色慌慌的蠕動著。牠有長竹竿末端那麼粗，阿全不知道牠是什麼蛇，只感覺到牠好像一個睡得好好的人，突然被吵醒那樣，不高興的仰著頭，四處張望。

「牠看到我了。」阿全發現那蛇的一對小眼睛正朝著他看。那樣子

有點遲疑，有點慌張，牠的目光在阿全臉上停留了一會兒才慢慢的前進。阿全趕緊躲到門外，他要讓牠從這道唯一的門出來。

果然，牠是不是以為阿全走了，加快動作的朝門這邊爬過來，阿全本想讓開放牠走，可是他又想到了，他現在是頭家娘家的長工，頭家娘對他那麼好，他得聽頭家娘的話。於是，在沒有多少時間可以考慮的情形下，他決定了：「打死牠！」

阿全跑到院子裡撿來幾塊磚頭和兩塊大石頭。蛇爬到玄關旁了，慢慢的，慢慢的爬上玄關，爬下玄關，試著要向右轉。

阿全以最快速度撿起地上的一個磚塊，狠狠的朝蛇的頭部擲出去。來不及看有沒有擲中，第二塊，第三塊也擲出去了，直到擲完撿來的所有「武器」，他才停下來，深深的喘了口氣，用手擦了一下滿臉的汗水。

「死了，」阿全看著那條蛇，不停的喘著氣，濕透了的汗衫可以擠出一桶水來。「牠死了。」阿全好像不敢相信他真的有能力把那條蛇打死，也好像很後悔他竟然打死了一條蛇。他小心翼翼的走到蛇的身邊，蹲下來看了好久。牠真的被他的亂石、磚塊打得稀巴爛呢！

他撿了一根樹枝，把死蛇挑了起來，掛在從大門進來就可看到的那棵榕樹上，他要讓頭家和頭家娘一回來就發現——阿全把蛇打死了。

繼續工作的時候，阿全心裡一直想阿公，想阿爸，尤其想到阿爸帶他去放蛇的情形，眼淚成群結隊的掉下來了。

七、不打蛇的村莊

在「山仔腳」流傳著一個故事，那故事發生的年代是阿公的阿公年輕的時候。那時候他們村子裡有一個中年人，他很喜歡抓蛇，據說他小時候就特別喜歡捉弄蛇，少年時期就開始抓蛇、殺蛇、賣蛇了。村子裡的人都叫他「殺蛇的」。

「蛇肉很清耶！而且可以解毒。常常會生瘡的人要多吃蛇肉。」他常常跟人家灌輸這些常識：「蛇膽補眼睛，不相信你可以試試看。」

怕蛇的人當然不敢試，蛇就算死了還是蛇呀！可是，不怕蛇的人，尤其是那些生瘡的人，眼睛不好的人，就真的會想試試看。

「你什麼時候可以抓到蛇？」有人問了。

「唉呀！這不是問題，」「殺蛇的」十分有把握的說：「你什麼時候要，我什麼時候給你。」

「自然是越快越好。」那要買的人說：「你要幫我殺好喔！」

「明天中午我帶蛇去你家給你看，你覺得好，我當場殺給你。」他說：「蛇膽要剛摘下來就吞才好。」

「好吧！就明天中午。」

第二天中午，果然，「殺蛇的」背著一個竹簍子，來到要買蛇的人家裡了。

「來來！」他蹲在地上，把竹簍子打開，招呼要買蛇的人：「你來挑看看要哪一條？」

他那竹簍裡大多會帶個三五條讓人家選。這些蛇並不一定是他臨時才去抓的，去過「殺蛇的」家裡的人都知道，他們家有一個大水缸，他把抓回來的蛇放進缸裡，蓋上蓋子養著。

那些蛇在黑暗的水缸裡爬來爬去，有的會爬出來。所以「殺蛇的」家裡經常有人看到蛇在房裡房外逛。膽小的人都不敢去他家呢！

「我不知道哪一種好，你幫我挑好了。」有的人會這樣說。「殺蛇的」就幫他們挑一條抓出來。

有的人會仔細的看那些蛇在竹簍裡互相交纏著爬過來，爬過去，看好了再告訴「殺蛇的」：「這一條。」

「殺蛇的」就會把蛇抓出來；隨便在那附近選一棵樹，用一條細繩子套住蛇的脖子，把牠掛在樹上，讓那蛇直直的垂下來。再拿一支很銳利的刀子，在套著繩子的下面一點的地方輕輕的畫下去，畫那麼圓圓的一圈，畫好之後，拉著傷口地方的皮往下剝。

脖子上被畫了一圈，那條蛇會痛得全身扭曲掙扎個不停，再被這麼快速的一拉，那沒有了皮的身子，濕濕滑滑細細嫩嫩的肉，就裸露在眾人的眼前了，那蛇痛苦得全身不停的痙攣著。

「好可憐，」在一旁看的人，有時會這樣說。

「呵呵！」「殺蛇的」不以為然的笑著說：「蛇跟豬，跟雞鴨一樣，都是要讓人家殺的。」

「殺蛇的」的表情，好像他是在削一條絲瓜或者刨一條瓠瓜那樣，

一點兒也不覺得蛇會痛。

「我現在要取蛇膽了喔！」他對買蛇的人說：「我一取出蛇膽，你就把它吞下去。」

「好吧！」買蛇的人說：「希望我的眼睛真的會好一點。」

蛇還沒斷氣，痙攣得正厲害的時候，「殺蛇的」狠狠的握著牠的身體，揚起手中的刀，十分輕巧俐落的把牠的胸膛剖開，熟練的取出蛇膽來，遞給買蛇的人；買蛇的人依他的指示，咕嚕一聲，還暖呼呼的蛇膽已經在他肚子裡了。

掛在樹枝上的蛇，還有一下沒一下的痙攣著。慢慢的就會像一根枯了的樹枝，硬挺挺的，直溜溜的掛在那裡，沒有了一點兒生命氣息。

「殺蛇的」把牠取下來，切成一塊一塊，交給買蛇的人燉湯解毒去

了。

「阿爸，你不要再抓蛇了，」「殺蛇的」的孩子跟他說：「有人說蛇是有靈性的，你不要再抓牠們了。」

「亂講，」「殺蛇的」說：「蛇和雞鴨鵝豬羊一樣，都是給人吃的。」

「可是，我時常會做噩夢，夢見蛇來向我討命。」

「你不要亂想就不會做噩夢，你做噩夢跟我的蛇無關。」

不管家人怎麼勸，他依然故我，繼續抓蛇、賣蛇、殺蛇。

「殺蛇的」五十九歲那年，有一天，他剛殺好一條毒蛇，那天，天陰陰的，風涼涼的，好像快下雨了。來看他殺蛇的有十來個人，他們圍在大榕樹下。

那條剛被剝皮、開腔剖腹的毒蛇，已經直溜溜的掛著，連尾巴都不動了。

「這條蛇死了。」圍觀的有人這麼說。

「牠死了嗎？這麼快？」有人懷疑。

「我看看。」「殺蛇的」說著就走到那條蛇的身邊，伸出他的食指想敲敲那條蛇的嘴巴，看牠還有多少氣息。

套著蛇「脖子」的繩子和它的結在蛇的「背」部這邊，殺蛇的人的食指在蛇頭的左邊輕輕的一碰，就在他的手指肚剛剛觸到蛇的嘴角的那一剎那，那已經直挺挺的蛇，竟突然全身一陣強烈的扭曲——「說時遲那時快」，那蛇頭迅速的往殺蛇的人的食指上狠狠的「啄」了一下。那速度之快，像閃電突然畫過，「殺蛇的」根本來不及把食指收回來。

「啊！」圍觀的人大聲的叫了起來，因為大家看到那條「死蛇」好像卵足了勁兒咬他。不！牠沒有力氣咬，是——用力的啄了一下。

「有沒有被咬到？」大家趕過來關心他。

「不算有啦！」「殺蛇的人」一邊用大拇指推擠著食指，一邊說：「有碰到一個小洞，一點點血絲我擠出來了，沒有關係啦！」

「呼！我以為死蛇還會咬傷人呢！」大家這才放下心來。

「可是，我看到牠出了很多力喔！」一個小孩說：「牠那個好像硬了的身體，還用力的扭曲了起來，那樣子好像發過誓，死也要咬你一口的樣子。」

「小孩子不要亂講話。」「殺蛇的」有點不高興的責備了那個小孩。

「我沒有亂講話，」那小孩很勇敢的再對他說：「牠『啄』了你一口之後才甘心的死去的。我看到牠的表情了。」

「哈哈哈！」大家都笑了起來：「蛇還有表情呢！」

「就算有咬到，牠的體力已經那麼衰弱了，應該不會有什麼作用的。」

一個村子裡的人安慰殺蛇的人。

「傷口這麼小，大概只傷到皮膚吧？」「殺蛇的」這樣想。過一會兒了，身體也沒有感到不適。他就收拾好東西，約了幾個人一塊兒到不遠處的麵攤喝酒去了。圍觀的人也解散了。

接下來好一陣子，沒有看到「殺蛇的」出來。

「那個殺蛇的怎麼不見了？」大家都這麼問。

「聽說在生病。」有人這樣說。

再過幾天，聽說那個「殺蛇的」已經病入膏肓，被移到他們家的大廳邊了。村子裡的人都趕去探望他。

「我們不知道我阿爸被蛇咬了，」他的兒子跟來探望的人說：「那天他不要再去喝酒就好了，我們家有解蛇毒的藥。」

大家都不停的搖頭嘆氣。看那個樣子天仙也救不了他了。

「他喝酒喝到很晚才回來，第二天他沒起床，我們去叫他的時候才發現他全身紅腫，已經奄奄一息了。醫生看了都說沒救了。」

「殺蛇的」在大廳裡躺了十幾天斷不了氣，每天痛苦的痙攣著，呻吟著。在他快斷氣的前兩三天，氣若游絲的他竟然自己翻身，匍匐在地上，開始蠕動著前進了，就像蛇的蠕動一樣。

「阿爸，我抱你到床上。」他的孩子過去要抱他。

「ㄏㄚ！ㄏㄚ！」他轉過頭來，用力的發出像蛇吐信時的聲音，還吐出舌頭，做出要咬人的樣子，孩子們都不敢靠近了。他沿著大廳的牆，拚命的蠕動著前進，遇到桌子或其他障礙物的時候，他卻不會像蛇那樣閃開，他會很頑固的一直撞那東西，撞到皮破血流了，還是不閃開。就這樣折騰了好幾天，才精疲力盡的斷了氣。

「殺蛇的」在大廳地上蠕動的那幾天，幾乎所有山仔腳的人都過來看了，有的是好奇，有的是想幫他，可是誰也幫不了他。

「殺蛇的」死得那麼悲慘，「山仔腳」的人就有了共識，他們不只發誓自己永遠不殺蛇，也很慎重的告誡子孫，這個故事要一代傳一代，世世代代都不能殺蛇。

八、彩雲姑姑來作媒

回到家，店裡已經開始做生意了，阿公把裝蛇的竹簍子擱到後面去，就開始幫忙店裡的事。我看店裡的客人不多，我這個「小卒仔」派不上用場，就到廚房吃早點。為了湊這趟熱鬧，委屈了我的五臟廟，肚子叫得都歇斯底里的了。

我掀開桌罩，稀飯冷冷的，菜冷冷的。我再蓋上桌罩，拿了一個盤子跑到阿嬤炸炸粿的地方：「阿嬤，我要吃蚵的炸粿，花枝的和肉的。」阿嬤夾了三塊我要的炸粿給我，我跑回後面吃。

阿嬤炸的炸粿好好吃，又香又酥，好棒！我有的是時間，慢慢的品嘗。對了，一邊品嘗，一邊說故事也不錯——

阿全在陳家當長工已經十五年了。

「芳齡」二十有五的阿全，已經是一位粗勇健壯，樂觀憨厚，勤快節儉的青年。他每天的生活一直是——除了工作還是工作。

「阿全，你什麼時候『娶牽手』？」偶爾會有人這樣問他。

「我……我跟人家娶什麼牽手？」阿全總是羞赧又自卑的說：「我什麼也沒有，誰要跟我牽手？」他都以村子裡條件最差的「羅漢腳」自居，從來不敢想成家的事。

有一天下午，那是一個有著暖暖的陽光普照的午后，阿全在豬舍裡打掃。他把袖管，褲管捲得高高的，拿著鐵耙把豬舍裡他放進去給豬仔睡的乾稻草耙出來。當然，在豬舍裡被豬仔們踐踏了好幾天的「它們」已不是「乾稻草」了，是一堆沾滿豬糞，豬尿的濕淋淋的，看不出是稻草的東西了。豬舍裡的十幾隻豬仔在他身邊「嗯嗯嗯」的走來走去。阿全把從豬舍耙出來的東西拖到院子最外側，放「堆肥」的地方堆了起來。你知道嗎？過一陣子後，這些東西就是最好的肥料了。把這堆「堆肥」弄細了，撒在田裡，種出來的稻子，番薯或土豆都會長得特別漂亮。

這是看起來有點粗重的工作，但身高體壯的阿全做起來可是駕輕就熟的，只是把身子弄得又髒又臭的。雖然是入冬，也流了一身汗。

他把豬舍清得很乾淨，再抱一些乾稻草進去。在這種嚴寒的天氣裡，就算是豬仔，如果有稻草當墊被，睡起來也會比較暖和。看到住處變乾淨了，又有了乾稻草，幾隻小豬仔在「房間裡」愉快的追逐了起來。

噗！有一隻小豬仔在沒有鋪到草的地方滑了一跤，跌個四腳朝天，「嗯嗯」叫個不停，好可愛。阿全笑著伸手過去打了那小豬一個屁股。小豬仔跳著跑到豬群裡面去了。

「阿全，」有女人的聲音在喊他。有一點熟悉又有一點陌生的聲音。

阿全拍拍褲子上的泥濘，鑽出豬舍，走到庭院裡。庭院裡有一個打扮得有點時髦的中年婦人正衝著他笑。阿全一時想不出來他認識她。

「阿全，好久不見了，哇！你長得好高好壯啊！」

聽這個聲音，阿全想起來了，她就是把他從「山仔腳」帶到「海口」來的那位彩雲姑。阿全剛到漁村，彩雲姑常常過來看他，讓他有一份「有親人在身邊」的溫暖，第二年阿公過世了，也是彩雲姑帶他回去奔喪的。奔喪回來不久，彩雲姑一家人就到都市求發展了，自從彩雲姑離開漁村，阿全就不曾再見過她了，都十幾年了呢！

「妳真的是彩雲姑？」阿全高興的笑了。

「是呀！」彩雲姑說：「都市討生活很不容易，剛去的時候好落魄，我們很少回來，現在可以說『出頭天』了。」彩雲姑親切的說：「我一直很惦記著你，每次有家鄉的人去找我，我都會問問你的情形，知道你過得很平安，大家都很誇獎你，我就放心了。」

「……」阿全不好意思的笑了笑。

彩雲姑說：「我是昨天回來，今天要來給你作媒呢！」

「作媒？」阿全搖搖頭說：「誰會嫁給一個沒有父母，沒有親人，沒有房子，沒有田地，沒有錢，連像樣的外表都沒有的人。」

「傻孩子，你怎麼可以說這種洩氣話？」彩雲姑仔細的看著眼前這個長大了的阿全，這麼高、這麼壯，雖然太黑了點兒，還有那張小時候被人家笑是「馬臉」的臉龐算不上俊，但是，生活在漁村，這樣子才是幹活兒的料子呀！

「我聽人家講你會做很多事，而且忠厚老實又勤勞，誰嫁給你一輩子不愁吃穿。」

「阿姑安慰我的！」阿全有點不好意思的低下頭。

「阿全，街上有位阿坤伯你知道嗎？他老婆是啞巴的那個。」

「知道。」

「他們不是有一個女兒嗎？叫美花的。」

「我不認識。」

他們一邊說著，一邊往大廳走去。阿全請阿姑到大廳裡坐，並給她倒了一杯水。

那美花很能幹：上田、抓海、做家事、樣樣行，雖然人長得矮矮的，算不上漂亮，但是很聰明。所以二十六歲了，也不肯隨便嫁人。」

「噢！」阿全笑著點點頭。

「其實，她也很難嫁，」阿姑皺著眉頭說：「娶她的人要養她的父母，要拜她們家的祖先，他們家又沒有田地，她母親又是個啞巴。」

「嗯！」阿全很有同感的點點頭，心裡覺得那美花也很可憐，那麼能幹卻因為環境的關係，跟他有點一樣——沒有人敢跟她「牽手」。

「昨天，我遇到阿坤伯，他說他相中了一位女婿，要我幫他的忙，作這個媒。我聽了之後也覺得很合適。」

「那很好呀！」阿全打心裡替美花高興，終於有著落了。

「你知道阿坤伯講的人是誰嗎？」

「誰？」

「你。」

「我？」阿全嚇了一跳：「我……我娶她？」

「不是，」阿姑說：「是你嫁給她。」

「我嫁給她？」阿全更慌了。一直搖頭。

「阿全，你仔細想一想。」阿姑說：「你也二十五歲了，人家說『男大當婚，女大當嫁』，你總不能一輩子當長工啊？」

「……」阿全還是很不能接受，拚命的搖頭，臉也紅了起來。

「你想想，你如果去給美花招贅，你是不是就有一個家了？阿坤伯很落魄，沒有田地，可是他們住家那塊地不小，地點又好，將來或許你們可以開個店，生活就不錯了呀！」

「……」阿全嘟起嘴來了，他並不願意給人家招贅。

「人家都說懶惰鬼才給人家招贅。」他小小聲的說，好像在自言自語。

「不要管人家怎麼說啦！各人有各人的環境，」阿姑好像很滿意這樣的姻緣，興致高昂的要說服阿全：「人家說『窮人無本，工夫是錢』，剛開始你們是不會有錢，但是你這麼勤勞，美花也很能幹，兩個人一起打拚，誰也不敢說你們將來不會成為這個村子裡的有錢人喔！」

「……」阿全縮起腿來，把頭趴在膝蓋上。緊緊的閉著眼睛。他覺得思緒有點亂。

「阿全，我們是同村的人，我當然希望你過得好，這真的是你『獨立』的機會，你好好的想一想，晚上我再來跟你頭家，頭家娘研究研究。」

那天晚上，阿姑真的又來了，經過審慎研究的結果，阿全在頭家頭家娘的鼓勵下，真的決定「嫁」給美花了。

九、阿公「嫁」人了

阿全要「嫁」人了，「佳期」就定在農曆除夕的前五天。再過一個月就是了。

阿全離開的前一天晚上，頭家、頭家娘和阿全三個人在大廳昏暗的燈光下，默默的坐了好久，頭家娘紅著眼眶跟阿全說：「阿全，我……我們實在捨不得你走，可是——又不能不讓你成家。」

頭家說：「你走了，我們兩個真的會變成牛，那麼多工作也不知道

要怎麼拖。」

「我可以再回來做呀！」阿全說：「反正他們也沒有田地。」

「他們沒有田地，可是你有呀！」

「我哪有？」

「我們家不是有兩塊蚵田嗎？」頭家說：「一塊三分地，一塊兩分地，我準備把那塊兩分地的蚵田分給你。」

「不要啦！」阿全著急的說：「我阿公把我賣給你的時候就已經拿了你的錢了。」

「傻孩子，你阿公沒拿我們多少錢，」頭家說：「當年你阿公有交代，他不拿我太多錢。但是，他說如果你很長進，能夠繼續在這裡做到成家立業，他是希望我們能把你應得的給你做本錢。這十五年來你這麼

努力，幫我很多忙，我的積蓄也是你幫我賺的，這一塊蚵田也可以說是你應得的。此後，你可以討海、養蚵，生活就沒問題了。」

「不用啦，我這麼壯，可以做零工賺錢，生活不會有問題的。」

「傻孩子，」頭家娘拍拍阿全的肩膀，說：「你是去給人家招贅的，自己帶著田地過去，人家才不會瞧不起你，懂嗎？」

「……」阿全愣愣的，也不知道該怎麼講，只覺得眼眶熱熱的，他這才發現，這麼多年了，原來他已把這裡當成是自己的家了，真的是那樣的不捨，這份不捨和當年他要離開「山仔腳」的感覺是一樣的。雖然這次的分離，他們的距離近得不到十分鐘路程。

啊！不應該在這時刻想到「山仔腳」，這勾起他太多的思念了。

「山仔腳」的親人呢？伯伯、伯母、妹妹、堂兄弟姊妹，他們都怎麼

了？這麼多年來，每當夜闌人靜，阿全就會沉湎於童年的回憶裡。沒有人知道，在忙碌之餘，阿全是用回憶和幻想來彌補心靈的空虛的。在「山仔腳」的童年歲月，有阿爸，阿母的時光，他這一生永遠難忘。

「阿全，」頭家說：「忘了問你要不要去通知你山仔腳的親人，關於你要去入贅的事？」

「唉唷，」阿全還沒回答，頭家娘就搶著說：「十幾年來，山仔腳沒有一個人來看過他，沒有人關心過他的死活，告訴他們做什麼？」

「阿全，你的意思呢？」頭家問他。

阿全想了一下下，說：「我以後有賺錢了，才去找他們。」

「也好。」頭家說著塞了一包東西給阿全：「這是一點錢，你放在身邊要用就有。」

「不要，我去他們家就有飯吃了，肚子飽了就好，用不到錢的。」

「不多，帶著。」頭家把錢塞進阿全口袋。

第二天，再五天就過農曆年了，已經冷了好幾天的大地，放眼望去，所有的動植物都瑟縮著，陽光也寒寒的。難得穿戴整齊的阿全，在彩雲姑、阿坤伯的弟弟、頭家、頭家的一位兒子以及一位長輩的陪同下，步行到約十分鐘路程的阿坤伯家，和美花行了簡單的婚禮。阿全就開始了他的另一段人生了。

十、夫妻的約定

阿全成家了，他的家在村子裡唯一的這條街上，屬於中心地段，是一片紅磚灰瓦的三合院古厝，面積滿大的。院子裡有一棵很老了的大榕樹，樹頭有兩個小孩合抱那麼大，枝幹像一隻隻的怪手，伸得好長好長，枝葉茂密，長長的鬍鬚隨風飄呀飄。每到了夏天就會有很多人來這樹下乘涼聊天。

阿全住進了這樣大大的一座房舍，覺得很寬敞（比頭家那邊的

大），但他心裡覺得很納悶：「從這房子的外觀看，住的就算不是大農戶，應該也是很過得去的人家？而他們卻是連一塊田地都沒有，靠打零工維生。」

有一天，阿全問老婆美花這是怎麼一回事，美花告訴他：「我們的祖先原本是這村子裡的大戶人家，農田、蚵田都很多，家裡還請婢女、長工呢！」

「後來呢？」阿全想，照她這麼說，她們家以前比頭家還有錢，可是——

「後來這個家出了一個很『天才』的人——就是我阿公。」美花說：「他把祖先的家產統統花光。」

阿全說：「他是做生意失敗的嗎？」

「做生意失敗就沒話說啦！」美花說：「是吃掉、喝掉、賭掉、還有——養女人。」

「你阿公除了賺錢不會，玩的都會。」

「所以田地都賣光了，還負了很多債，才會『跳海自殺』。」

「跳海自殺？還好，這房子沒被賣掉。」

「他跳海之前留下一封信給那些債主，請求他們留下這房子給他的老婆和孩子住，他來生要做牛做馬回報他們。」

「那些債主就真的留下這房子給你阿嬤和阿爸住。」

「有那麼好才怪，那些債主都是青面獠牙的，他們肯放過誰？」

「那——」

「是我阿嬤娘家出來幫她解決的，我阿嬤也是軟腳蝦一個。那時候阿爸的年紀雖然大到可以娶老婆了，可是從小嬌生慣養，身體又不好，一點擔當也沒有，所以，他要結婚的時候，村子裡的姑娘，沒有人願意嫁他。」

「阿母怎麼嫁他呢？」

「阿母是啞巴，自己認為有殘缺，不敢有所挑剔，才由她的父母作主，嫁給我阿爸的。我阿爸也不長進，你沒看他現在，說他在打零工是說好聽一點，其實一年打幾次零工？他根本什麼也不想做，什麼也不會做。村子裡的人都嘛當他是一個沒有用的人。我小時候，都靠我的啞巴阿母做工賺錢養家的。我長大後開始會抓海、做工了，日子才稍微過得去。」

「唉！」阿全嘆了一口氣說：「妳也真辛苦。」

「命啊！」美花說著，用雙手掩著臉。

阿全看了，心裡也很難過，他絞盡腦汁想辦法安慰老婆。

有了！阿全高興的拉拉老婆的手說：「我的頭家和頭家娘說過一件事。」

「什麼事？」

「他們說妳很能幹，我很勤勞，我們努力的工作賺錢，將來或許可以利用這塊地點這麼好的房地開店，我們也可能賺很多錢唷！」

美花聽了，無神的眼睛亮了起來：「是呀！只要我們肯拚，我們也可以自己開創一番事業的。」

「如果我們賺錢了，別人就不會看不起我們了。」

想到這個「目標」，真令人欣慰，光輝燦爛的遠景似乎已在不遠的地方，他們倆精神全振奮了起來。

「如果我們賺大錢了，人們就會忘了我阿公的不良記錄，和我阿爸的懦弱無能。」美花興高采烈的說。

「如果我們生活安定了，我們生兩個兒子了，那我就要回我的家鄉——山仔腳，把我的祖先請過來拜。」阿全也笑嘻嘻的說：「那是我離家時對祖先的承諾。」

「……」美花收起了一臉笑容，不解的望著阿全說：「你是給我招贅的咧，你要拜我們林家的祖先呀！」

「我知道，我是說我們的第二個兒子。」阿全說：「第一個兒子繼承你們林家，第二個兒子繼承我們黃家，我阿爸只有我一個兒子。你不會忍心看我們這一房斷了香火吧？」

「……」美花想了下，就想開了似的，對阿全說：「好吧！如果我們真的成功了，就多買一棟房子，供奉你們山仔腳的祖先。」

阿全快樂得都要跳起來了，成親的時候都沒這麼快樂呢！

十一、不怕鬼的人

因為「嫁」給美花而有了一個家，阿全格外賣力的工作，一心一意要讓這個家興旺起來。尤其是想到能風風光光的回山仔腳帶祖先的牌位過來，他就是累得喘不過氣來也從不吭一聲。

因為招贅阿全而有了一塊自己的蚵田，林家的每一個人都很高興，很用心的整理那塊蚵田，撿蚵，剖蚵，忙得很起勁兒。

兩分地的蚵田，四個人（其實真正在做的只有三個人）忙綽綽有

餘，但到海裡整理蚵田及「撿蚵」的粗重工作還是全靠阿全一個人忙。他們家沒有牛車，阿全「撿蚵」都是用挑的，一次撿一擔滿滿的，從海邊挑回家裡。他們家到他們蚵田大約兩公里半的路程。

阿全把蚵挑回來讓岳母及老婆剖，他就出外打零工去了，他打零工的地方大都是他頭家那兒，阿全是想回去幫忙，但頭家都算工錢給他。

「一切照道理來，」頭家說：「你是有家室的人了，不再是我們家的長工，我有事叫你做，你有空就來做，我給你錢你就收。」

阿全只好同意了。他就成了頭家家裡的「特約臨時工」。他很喜歡這個工作，因為這樣一來，他就可以時常回到他生活了十五年的家，就不會像「山仔腳」那樣，一離開就只再回去一次。

那時候，他們家隔壁住了一位「撿骨師」，就是幫墳墓裡的死人清理屍骨的師傅。那師傅和阿全岳父那個年紀了，經常嚷著要收徒弟：「當撿骨師很好耶！做好事又可以賺錢。」他經常遊說村子裡的年輕人。

「撿骨？聽起來就毛毛的，不敢！」村子裡的人沒有人願意學。

「毛什麼？你幫他撿骨，他會保佑你，不會害你。」

「遇到『蔭屍』的怎麼辦？一個死了那麼久的人，屍體還好好的躺在那裡，不嚇死才怪！」

阿全原本也沒意思要學。自己家裡的事和「特約臨時工」的事已教他忙得團團轉了。

有一天早上，那撿骨師背著「行頭」，牽著腳踏車正要出門工作，阿全剛好在他們家院子裡的榕樹下剖蚵，一家四個人都在那兒，老婆抱

著一個大肚子。

「阿全，我需要一個助手，你跟我去好不好？」那撿骨師走過來對他說：「拜託拜託啦，你們蚵也不多，不用這麼多人剖，去幫我工作，我給你工錢算高一點。」

阿全看看蚵桌上的蚵真的不多，他是可以挪出時間跟他去的。跟他去可以幫他，也可以賺工錢呀，何樂而不為？阿全就答應跟他去了。

「空安全！那種事你也要做？」老婆不屑的瞪著他。

這是第一次有人這樣叫他。

也就是說——「空安全」這個外號是由他老婆「發明」的，之後他岳父在背後也叫他「空安全」——

我們家「空安全」怎麼樣怎麼樣，岳母不會說話，但聽人家叫「空安全」也會笑得唏哩嘩啦！好像很滿意這個綽號。

漸漸的，村子裡有的人也跟著叫他「空安全」。叫著叫著，阿全就變成「空安全」了。

阿全也不會覺得有什麼不好，他們高興這樣叫，就這樣叫，他也懶得去計較。當老婆叫他「空安全」的時候，他還會有一種「甜蜜」的感覺呢！

「啊，師傅都可以做了，我為什麼不能做？」阿全說：「我們頭家說過，除了殺人放火等壞事不要學，其他的事有機會學就學。」

阿全說完就跟那撿骨師傅走了。

「空安全就是空安全，」他岳父望著他的背影，對一旁的老婆和女兒說：「真的去了。哈哈！」

那一天，阿全和「撿骨師傅」工作到日落好一會兒了才回家。

自從阿全第一次跟那師傅出門後，那師傅一有工作就纏著阿全去幫忙，他還常常跟人家說：「那空安全做事很認真，挖個墳我要挖老半天，他呀，一揚起鋤頭，三兩下棺材就全出來了。」

「他呀，撬開一具棺材就像打開火柴盒那麼不費力，看到屍體也不皺一下眉頭。」

「第一次拿骨頭就好像拿的是一根乾掉的樹枝，看到蔭屍的屍體，我都會有點心寒，他也不怕，用刀子在刻骨頭上的肉就好像在啃排骨一樣自然。」

被那撿骨師這樣一宣傳，村子裡的人就一傳十，十傳百的說：「那空安全不怕鬼呢！」

從此以後，村子裡的人一遇到和「鬼」沾上邊的事情，就會想到「空安全」。

喪家需要抬棺材的人手，大家都會有這樣的共識：「去，去叫空安全來幫忙。」

因為空安全塊頭粗，力氣大，不怕死人，而且好說話。

棺材從屋子裡抬出來放外面了，擱了幾天棺材的屋子要掃一掃呀！有的人怕犯沖煞什麼的，不敢掃，他們也會想到：「去叫空安全來掃。」

「空安全」來了，他拿著畚箕、掃把，瀟灑的打掃起停屍的屋子來了。

有人家裡的嬰兒不幸夭折了，那時候的習俗都是自己在墳地找個地

方，挖個洞把屍體埋了。這工作既感傷又恐怖，自己家人會因為傷心而下不了手，別人又有誰願意做？那麼，他們又會想到了：「去，去叫空安全來。」

「空安全」來了，用一張草蓆把那小小的屍體包好，一手抱著小屍體，肩荷著一把鋤頭，走到村外的墳場，找個比較妨礙不到人家的地方，挖個洞，把那早早結束的生命埋了。

埋好之後，他會燒三炷香叮嚀那小亡魂：「去吧，去你該去的地方，不要怕。」再燒一疊冥紙才回家。

有時候，海邊有人溺水了，他們也要趕快找「空安全」；當然，等找到「空安全」再去到海邊，只能幫忙撈屍體了。

阿全無論是打零工賺的工錢，抓海賣海產的收入，或做些雜七雜八的事情，人家給他的紅包，他都是連看多少也不看的，就交給老婆了。他也從來不問那些錢怎麼處理。

十二、抓海高手

阿全很會「抓海」。「抓海」就是到海裡抓一些魚呀！蝦子呀！蛤蜊呀！螃蟹等海產回家。阿全在當長工的時候，除了上田，也要趕在退潮的時候下海撿蚵。

「動作快一點的話，撿好蚵還可以順便抓一些東西回家。」第一次和頭家去撿蚵，頭家這樣告訴他，也教他怎麼抓。那一年他十四歲，從此他每一走到蚵田就會這樣催促自己：「動作快一點，順便抓些魚，還有螃蟹和蝦子回家。」

於是，撿好蚵了，他就在沙灘上，這邊挖挖，那邊看看，看到什麼抓什麼。

那時候他最大的興趣就是跟蹤那些抓「海蟳」和「土龍」的行家。那些會抓「海蟳」和「土龍」的人，是他心目中最崇拜的英雄。忠厚老實又內向的阿全，平常很少跟人家聊天，也很少主動接近人家，跟人家說話，他習慣默默的工作。但是遇到他心目中的那些「英雄」在談「抓海經」，那情況就不一樣了，不管認不認識，他都會默默的挨到人家身邊，聽他們說話，還會要求人家帶他去看看。

「你不要夢想我會教你。」那些抓海蟳和土龍的人都不肯把訣竅告訴人家，怕「功夫」被學走。當然更不肯教他了。

「我看著好玩的。」阿全說：「看一下又不會怎樣。」那些抓海蟳和土龍的人看他是個半大不小的孩子，又是傻傻的一個，就懶得理他，愛跟就讓他跟，愛看就讓他看。

「空長工，看出什麼門道了沒？這可不是看一看就會的。」他們說。

阿全憨憨的笑著。心裡想：「是不是看一看就會，以後你就知道。」

隨著年歲的增長，阿全抓回家的海產漸漸的增多了。這些海產可以自己吃，可以當禮物送人，也可以當商品賣。

對了，你看過「海蟳」和「土龍」嗎？「海蟳」就是塊頭很大，很壯，兩隻大螯用草繩綁住了，你看到了還會怕被牠夾到的那種螃蟹。因

為牠的肉質鮮美，營養豐富，有些內行人都會買牠來進補。抓到「海蟳」等於中獎了。

「土龍」就是長得很像蛇，仔細一看卻不是蛇；很像鰻魚，仔細一看也不是鰻魚的那種「東西」。或許你在中藥房曾經看過牠——蜷曲著身子和一些中藥混在一起，被泡在玻璃罐裡的藥酒內。

如果說抓到「海蟳」是中頭獎，那抓到「土龍」就是中了特獎。因為「土龍」是浸藥酒治痠痛的好藥引，很難抓到，非常珍貴。

成家之後，阿全繼續摸索抓海蟳和土龍的訣竅，偶爾會抓到一兩隻海蟳，三十幾歲的時候，他就已經是村子裡稍有名氣的抓蟳高手了。也曾有抓過土龍的記錄。

「空安全的運氣真好，抓魚抓蝦抓得比別人多不說，連別人抓不到的土龍，海蟳他都抓得到。」村子裡的人時常這樣說。

「什麼運氣，」阿全的岳父不以為然的說：「那是我們阿全比別人專心，比別人勤勞。你們不要看他不愛說話就以為他真的是『空空』的，他不說話才有時間思考呀！」

「當年我就看出來，阿全只是個性直，善良，不愛與人計較，並不真的有多傻。」阿全的岳父對阿全真是滿意極了。

十三、「空安全」當老闆

和老婆有了「共同努力賺大錢」的約定，阿全告訴自己要更拚命工作，於是，每一天也像在當人家長工一樣，忙得團團轉，撿撿蚵，抓抓海，打打零工。因為他會做的事兒很多，所以和一樣是打零工的人比，阿全的工作機會比他們多得多。

美花看阿全那麼辛苦，也希望自己能有更賺錢的工作可以做。

第一個孩子出生的那年，同一條街上賣「炸粿」的人家要搬到都市求發展。「機會來了！」美花高興的跟家裡的人商量：「我去叫他們教我炸『炸粿』，他們搬走之後，換我們來開店賣『炸粿』。」

「好啊！好啊！賣炸粿本錢不用太多，我們是可以做呀！」美花的父母都高興的答應了。

「你有沒有意見？」美花心情愉快的問阿全。

「……」阿全搖搖頭沒表示意見，但他心裡覺得滿好的。

美花把大女兒交給阿母照顧，她就很認真的學起炸炸粿來了。不久，「炸粿店」的人家搬走了，美花也已學會了炸炸粿。場地、工具早已經準備好了，他們就正式開起「炸粿攤」來了。

為什麼說它是「炸粿攤」，不說「炸粿店」呢？因為那只是在三合院古厝的院子外頭，就是馬路邊搭了一個勉強可以遮風，遮雨的棚子，

擺了個爐子和切肉，切菜，準備材料的桌子。兩張給客人坐的桌子就擺在「炸粿攤」的後面，院子裡的榕樹下。剖蚵的蚵桌也擱那邊。

美花開「炸粿攤」，海產類的材料阿全全數供應，他抓魚來給美花炸「魚肉炸粿」，抓小蝦子給美花炸「小蝦子炸粿」，他撿蚵，剖蚵給美花炸招牌的「蚵仔炸粿」。因為材料新鮮，炸出來的東西自然格外美味，美花的「炸粿攤」生意一天比一天好。

那時候這個小漁村還很沉默，沒什麼遊客，不像現在這樣「小有名氣」了，每到假日遊客蜂擁而至，忙得全家人灰頭土臉。那時候的炸粿攤只做做村民們和少數遊客的生意，所以生意再好也談不上忙，美花和他的父母親應付就綽綽有餘了，還可以剖蚵，可以照顧小孩呢！

三十一歲那年，阿全唯一的兒子出生了。「你看，他都取我們的優點耶！」阿全都這樣告訴人家。這大概是阿全生平第一件大樂事。

有一天，美花一邊餵三個孩子吃飯，一邊對也在吃飯的家人說：「再過兩年我要把古厝翻蓋成樓房，街上好多人都蓋樓房了。」然而，這個計畫在五年後才完成，因為在這五年中，他們家不大平安，美花的父母各生了一場病，小孩毛病也接二連三，花了不少錢。

他們的新家完成的那一年，小漁村最熱鬧的這條街上，已有差不多三分之一的人家翻修古厝了。漁村呈現一幅很有趣的畫面，有很古典老舊的三合院，有嶄新的洋房。

阿全的洋房蓋在古厝院子裡，門口走廊外就是馬路了，這一次只蓋一棟二層樓房，用去全部三合院建地的三分之一而已，洋房的南面還有一塊面積可以再蓋兩棟樓房的空地，洋房後面也有幾間沒有拆掉的古

厝。美花的父母親就住在老屋子裡。

美花終於有一間像樣的「炸粿店」了，洋房的樓下沒有隔間，就是一間寬敞的店面。店門口也掛上「林家炸粿店」的招牌。美花炸炸粿的技巧已創出很好的口碑，生意逐漸興隆，雖然街上又開了兩三家，但對她的生意少有影響。

阿全五十一歲那年，岳父過世了，五十三歲時岳母也走了。

這時候讀護校畢業，在都市大醫院當護士的大女兒已經結婚了，二女兒和兒子也都結婚了，而且都如他的願——當上了老師。

「空安全真是苦出頭了，當老闆了呢！」村子裡的人開始這麼說：

「你們看他那些兒女，乖巧上進又勤勞……」

「嘿嘿嘿！」阿全聽了這些話，都會笑得合不攏嘴來。

十四、我們的新家蓋好了

阿公的故事就講到這兒了，因為，我的炸粿已經吃完了，嗯……唇齒留香，真想把盤底舔一舔！

抬頭看看牆上的時鐘，天啊！快十二點了！難怪外面「人聲鼎沸」。我們店裡的「巔峰時間」到了，趕快出去幫幫忙。

「歡迎光臨！」我對一對剛叫好東西踏進門來的夫婦，愉快的喊著，他們回我一個很甜蜜的笑容，我開開心心的繼續迎接下一個客人。

這一天，我們——阿公，阿嬤，爸爸，媽媽和我，忙到兩點多才抽空坐下來吃午餐。吃過午餐，我到房間想睡個午覺，剛躺下去，阿公喜孜孜的來到我房間。

「阿平，」阿公一屁股坐到我的床上，興奮的說：「我們的新房子這幾天就要交屋了。」

「哦？」我說：「你的心願要完成了。」

阿公的心願就是買一棟房子，迎來他們「山仔腳」的祖先。

「是呀！」阿公伸伸懶腰聳聳肩，一副重任即將完成的模樣。

「我們要去認祖歸宗了是不是？」我問。

「是呀！這件事本來不用麻煩到你的，當年你阿嬤如果生兩個兒子，就可以一個傳她們林家的香火，一個傳我們黃家的香火，因為我阿爸只有我一個兒子，如果不這樣的話，我阿爸那一房的香火就斷了，那是很不孝的。」

「嗯！」我再點點頭，肯定他的說法。

「誰知道你阿嬤只生一個兒子，只好把這件事延到你們這一代。」

阿公說：「你媽媽生你的時候，我高興的到村子裡所有的廟裡去拜拜，磕頭，還打了幾塊金牌去給祂們呢！」

我們新家位於郊外的一個新社區，全部都是三樓半的透天厝，從外觀看，一大片的嶄新的樓房，美輪美奐。有前庭後院，矮圍牆還有停車場，是這漁村方圓幾百里內最豪華的花園洋房。全部裝潢好後，爸爸，媽媽，哥哥和我要搬到新家睡。但是在店裡吃飯，假日要回到店裡幫忙。

新家當然也有阿公阿嬤的房間，但阿公阿嬤說他們要住街上，一大早起來工作比較方便。

其實新家和舊家相隔不到一公里半，開車不到五分鐘路程。

阿嬤說買新家是為了「置產」，爸爸媽媽說為了改善「生活品質」，阿公說為了供奉他們「山仔腳」的祖先，我和哥哥把它當成「別墅」。

十五、回到「山仔腳」

新家交屋了，依照阿公和阿嬤的約定，得開始進行回「山仔腳」認祖歸宗的大事了。我們事先說好了，由爸爸開車帶阿公和我一起去，哥哥上輔導課不能去，阿嬤和媽媽要留下來照顧生意。

離開學只剩半個月，爸爸說要在開學之前辦好這些事，包括我們「新居落成」的宴客。

這一天是個很晴朗的天氣。八點多了，阿嬤已經準備好今天要做生

意的東西，媽媽在後面洗菜，絞漿，爸爸和我穿戴整齊後下樓來，阿公已提著要當禮物的三包蚵在門口等了。阿公今天穿得好整齊，白襯衫，深灰色西褲，黑皮鞋，頭髮梳得很整齊。

「嗯，帥！」我豎起大拇指跟阿公說著，我們就上車出發了。

阿公坐前面認路，我坐在後座。我們一直保持沉默。車子由東邊的橋駛出村莊，這是一條剛修好拓寬的快速道路，爸一出村外就加快車速。

阿公說從「海口」到「山仔腳」要經過一個小鎮和一個大一點的鎮上。離開大的鎮上往山邊駛去，這一段路程爸爸駕輕就熟的開著車，因為阿公說到「山仔腳」要經過的那個遊樂區，爸爸曾經不只一次的帶小朋友到那兒做校外教學。

路過那個遊樂區了，我開始注意阿公的表情，我想他就要開始不認得路了。但是，阿公卻依然老神在在的指揮著爸爸開車，一路順利的開到一座山下的村子裡。村子裡都是二或三層的樓房，這邊一棟那邊一棟，錯綜複雜，看得出來這個村子比我們漁村落後。

這兒的馬路也是窄窄的，爸爸小心翼翼的開著車，阿公睜大眼睛四處眺望。

路過一個客運車的招呼站，站牌上寫的是「山仔腳」。

「山仔腳，」我大叫著跟爸爸說：「爸，山仔腳到了。」

「知道，」爸爸說：「剛剛進入的村莊大概就是『山仔腳』了。」

「阿公，」我轉頭問默不吭聲的阿公：「你家在那裡？」

「再過去的一條小路，往東邊開。」他像「識途老馬」般的指著前

面的路。

爸爸照阿公的指示，把車開進小路，再開大約兩分鐘，住家越來越少了，在幾乎是這條路最裡邊的地方，一座三合院的門口，阿公叫爸爸：

「開進去，就是這一家。」

「阿公，」我說：「你已經回來過了對不對？」

可不是？都五十幾年了，哪有人那麼天才，問都不必問一下就直接找到了。

「您什麼時候回來的？」我繼續追問，我怎麼也沒想到阿公會是這麼神秘的人。

阿公沒有理我，他搖下車窗，伸長脖子，睜大眼睛東張西望。

爸爸在院子裡停好車，他就急急的打開車門，提著那三包蚵下了車。

這是一座很古老的三合院，房子有點破舊了。房子裡像是有人住，因為院子裡有養雞、鴨，竹竿上還晾著衣褲。但是我們在院子裡逛了很久卻不見有人出來。

阿公大步走到廊下，像小偷一樣，在每個門口、窗前往裡窺視著。

「阿公，當心人家當你是小偷。」我在院子裡大聲的提醒他。

「不會，我堂哥怎麼會當我是小偷？」

「你怎麼知道這一家就是你的老家？」爸爸問他：「半個世紀了，你不要亂認喔！」

「怎麼會亂認？」阿公很有把握的說：「我回來好幾次了。」

「啊!?」我和爸都嚇了一跳，不約而同的說：「不曾見過你出門呀！除了放蛇。」

「是呀，」阿公點點頭，站到我們身邊來，指著這座古厝大門右邊的一座山，「雀躍萬分」的對我們說：「我每次放蛇都是來那座山上放的。以前我阿爸也是在那兒放蛇，小時候我常常跟我阿爸到那兒放蛇，我阿爸放蛇的時候都會跟那條蛇說：『回去喔，回去找你阿爸阿母。』」

「噢！」我和爸爸不約而同的噢了一聲之後，沉默了下來，鼻頭酸酸的。

「……」阿公也靜了下來，看看那座山，看看這個古厝和庭院。

「我阿爸很疼我，我阿母也疼我，」阿公黝黑粗糙的臉上，充滿了細膩的孺慕之情：「小時候，他們一直擔心我長這麼醜，頭腦又不靈活，會娶不到老婆。」

「……」我們都沒說什麼。

「我娶到老婆了——雖然是給人家招贅的，但也是娶老婆呀！」

「是呀！是呀！」我和爸爸用力的點點頭，對他說：「都一樣，都一樣。」

「自從十二歲那年在頭家家裡打死那條蛇之後，我就沒有再打死過蛇了，我看到蛇都會偷偷的把牠趕走。等我學會抓蛇以後，我會把牠帶到村外的防風林裡去放。」

「我們生活安定一點之後，就是古厝翻蓋樓房那一年，我就開始把抓到的蛇帶回這裡放。我怕久了我會不認得回家的路。」

「哇噻！」我掐指一算：「差不多三十年了耶！」

「是呀！」阿公說：「每年夏天差不多回來個兩三次。」

「天啊！」我大聲的說：「原來你常常回家，我們還以為這是第一次。」

「這是第一次進來呀！」阿公說：「我以前都是路過而已。也不曾遇到熟人——我刻意避一避的啦！」

「你真不孝順喔，路過家門了也沒進來看看你阿伯和伯母一家人，」爸爸笑著說：「他們知道了會怪你的。」

「才不會。」阿公喘了口大氣說：「其實我會去做長工，最重要的原因也是因為他們不喜歡我，所以，我才會立下心願——等賺到錢了才回家。」

「噢！」

「我每次來放蛇都會路過這裡，路過這裡的時候，我都會站在門口看一看裡面。」阿公靦腆的笑著說：「我看到過我阿公、阿嬤、阿爸、阿母在院子裡跟我招招手。」

「……」我和爸爸互相看了一眼，我們好像都明白了某些事情。

我們靠近阿公身邊，緊緊的握住他的手。

十六、阿公的堂哥

我們在院子裡聊了起來，這是個炎熱的天氣，我們正要到廊下避暑，一個年紀約莫比阿公大一點的老公公騎著機車進來了，看到我們稍微震驚了一下下。

「你們要找誰呀？」他打量著我們問道。

「你……你是『安心仔』喔！」阿公笑咧著嘴趨前上去問他。

「是呀！」那老公公仔細的看著阿公說：「你是——？」

「我是『阿全仔』呀，你阿叔的兒子，小時候被賣到『海口』當長工的阿全，你還記得嗎？」

「哦……」那老公公愣住了，停好機車，大步走過來拍著阿公的肩膀，說：「你是阿全啊？你真的是阿全啊？」

他一看再看，又自言自語的說：「是是是，你是阿全，對，阿全大概就是這個樣子。」

然後他們就聊起來了。

「你去海口之後我們也想到要去看你，可是生活一直都很困苦，一拖三延的，就沒去成。」老公公說：「你怎麼到現在才回來呢？」

「我……」我以為阿公要說他常常來呢，可是他沒有，他說：「我也很苦……直到最近——」

然後他們像在比賽似的，一直嘰哩呱啦的訴說自己的苦。說到最苦處，雙雙老淚縱橫，淚水流過之後，就越談越開心了，談到最開心處，朗聲大笑，從廊下談到屋內，走到屋內開了電風扇，繼續談。我和爸爸靜靜的坐在一旁，當聽眾。

「他們已經忘了我們的存在了。」我對爸爸說。

「哈哈！」爸爸也沾染到他們的喜悅，笑得很愉快。

十一點多，阿公的堂嫂（我的伯祖母）回來了。又是一陣嘰哩呱啦，阿公的堂嫂從沒見過阿公，但也十分親切熱絡，她說她聽過伯公提起阿公的事。

中午了，「伯祖母」燒好了一桌飯菜請我們，包括我們提來的蚵仔湯和蚵仔煎。還有那「伯祖母」現殺的雞肉。五個人盡情的吃了起來。

吃到一半，爸爸問伯公：「阿伯，你的孩子們呢？」

「都出去了，六個孩子，三男三女，都不在家，家裡剩我們兩個老的。」伯公說：「在都市都混得還不錯，假日有時候會回來。」

「安心啊，」吃完飯泡茶的時候，阿公問伯公：「你知道我妹妹阿麗現在在哪裡嗎？」

「阿麗噢，」伯公說：「阿麗的命好，遇到很好的養父母，給她讀書耶，後來嫁給教書的，在鎮上，孩子也很爭氣，她回來過，但是好久沒回來了。」

「你有她的電話嗎？」爸爸問：「我爸爸很想念她。」

「我找找看。」伯公拿來一本差不多用了好幾年了的破破的電話簿給爸爸找，爸爸用心的翻呀翻，翻了好久，終於看到被擠在一頁快掉下來的紙上有「阿麗」兩個字，爸爸便把那個號碼記了下來。

「改天再聯絡好了。」爸爸說著，把電話簿交給伯公。

接下來，阿公向伯公提出要請祖先的神位回去拜的事。

「那太好了，太好了，」伯祖父聽了高興的馬上走到神案桌面，拿起香來，站在祖先面前絮絮叨叨的說了許多話，因為他是念出聲的，所以我聽得出來他在告訴祖先阿公回來認祖了，他要祖先認同我們，跟我們回去，保佑我們。

那天我們一直在那兒待到快黃昏了，才寫好所有祖先的資料帶回「海口」的家。

在回家的一路上，阿公始終咪咪的笑著，笑得嘴巴戽戽的。

十七、和阿公去放蛇

剛回到家，阿公就向爸爸要來阿麗姑婆的電話，喜孜孜的對我說：

「阿平來，你來給姑婆打電話。」

電話很快就接通了，我趕忙把話筒交給阿公。

阿公好像怕阿麗姑婆聽不到他的話似的，拉開嗓門跟她講話，聲音之大，讓在後面工作的阿嬤和媽媽跑出來看，在樓上讀書的哥哥也以為發生什麼事情，跑下樓來站在樓梯口，望著阿公看，連經過我家門口的路人都側過頭來看一眼。

阿公哇啦哇啦的和話筒另一邊的妹妹講話，講著講著，只聽他說一句：「妹妹啊！阿兄……阿兄一直都好想妳喔！」說完就放聲大哭了起來，很豪放的，像小孩子那樣哭著。

這是我第一次看阿公哭！我一直不知道阿公也會哭咧！你瞧，他哭得那麼淒慘，唏哩嘩啦的，眼淚、鼻涕都來了，像在洩洪——對了，面紙。

我把整盒的面紙遞給阿公。

哭過之後，阿公講話的聲音就緩和多了，他們再講一會兒，阿公就掛電話了，掛上電話，阿公深深的換了一口氣。再抽張面紙擦擦眼睛，調整了一下情緒，坐到椅子上對我們說：「我叫我妹妹在我們新居落成

的前一兩天就要來，她說好。」阿公說著說著就笑了：「阿麗沒有忘掉我，她也一直在想我——我就知道她不會忘掉我這個傻哥哥的。」

接下來好幾天了，阿公的情緒還是很激動，整天笑咪咪的忙進忙出。我們已決定在這個禮拜天舉行「新居落成」典禮，在新家那邊宴請親友。

「我們『山仔腳』差不多要一桌，包括阿麗她們一家人。」阿公跟正在算要請幾桌的爸爸說。

「知道。」爸爸說：「說不定要兩桌，你的堂弟，堂妹或許也會來。如果真的是『闔家光臨』的話，兩桌也不夠吧？」

「對對！」阿公興奮的都要跳起來了：「不知道要幾桌才夠？」

接著，阿公大聲的對站在他身旁的我和哥哥說：「阿忠，阿平，那天你們會認識很多沒見過面的親人喔！」

我們也都很開心，原來在這個世界上我們還有這麼多親人。我們把從「山仔腳」寫回來的資料請人立了牌位，準備新居落成那天，把牌位供到新家四樓神明廳的神案上。

阿公的心願就要完成了，這幾天只要店裡一打烊，我們一家人都聚在店裡商量「新居落成」的事兒。大人小孩都有意見，有時候連鄰居也來湊一腳，整個家喜氣洋洋，好不熱鬧。

這天黃昏時刻，我們又在店裡為請客的事兒熱鬧著。

「鈴……鈴……鈴……」電話鈴響了。

「哈囉！」我拿起電話：「請問你找哪位？」

「我找空安全，找空安全啦，快一點！」一個女人的聲音，找阿公

找得好急，我心裡明白一定又有事。

「喂！好好，我馬上去，妳不要打草驚蛇。」阿公聽好了電話，匆匆忙忙的要到後面拿竹簍去了。

「爸，」在他身旁的媽媽說：「你不要再去抓蛇了，年紀不小了，你一直去人家就一直要叫你。」

「去抓蛇跟年紀有什麼關係？」阿公說著已經把竹簍子拿出來了。

「空安全就是空安全，活到一百歲也是空安全。」阿嬤無奈地說：「他呀，不讓人家這樣呼來喚去的，還會感到不舒服呢！」

阿公走到門外牽腳踏車了。

「阿公，我陪你去。」我也牽出我的腳踏車。不等阿公回答，就跨了上去，和他一前一後的出發了。

黃昏時刻，西天晚霞滿天，晚風徐徐。上田回來的農夫，駕著鐵牛車的，騎著機車的，陸陸續續的趕著回家。各家的飯菜香味一陣陣的飄過來。

這一次抓蛇的地點很近，在還不到新家的路邊一戶農家。那蛇就在他們家的廚房裡，也是一條滿大的「臭倩母」。我們趕到的時候，那戶人家的男主人正拿著一支大鐵叉要進去廚房把蛇叉死。

「等一下，」阿公阻止了他：「不要打死牠，我來抓。」

阿公朝那條蛇走去，那條蛇好像也很害怕，在廚房地上靠牆的地上慢慢的蠕動著，阿公走過去，輕而易舉的就把牠捉起來了，牠把身子蜷曲在阿公手臂上。

他把蛇擱進竹簍裡，我們就回家了。在回家的路上，我對阿公說：

「阿公，你明天要去放蛇嗎？」

「要。」他說：「給我們老家的帖子也好順便帶去。」

我說：「讓我跟好嗎？」

「好。」他愉快的答應了。

我和阿公出現在「山仔腳」，阿公他老家旁邊的山上時，已經是第二天下午了。我們坐客運車，換了兩次車才到達的。我們在「山仔腳」的招呼站下車，徒步往山上走，經過阿公的老家，阿公沒有進去，他一手提著放蛇的竹簍，大步大步的往前走，經過他老家門口，他並沒有駐足，只用眼角瞄了一下裡面，就直接來到放蛇的山崖邊。

阿公在雜草高及膝蓋的山崖邊蹲了下來，山風吹著他的頭髮像地上的草一樣的飄呀飄，不知名的鳥兒飛過我們頭上。

阿公打開竹簍，往山壑邊傾斜著，那蛇稍微遲疑了一下下，就咻的往草叢裡闖進去了。

「回家喔，」阿公望著那蛇的「背影」，滿臉充滿著幸福的光芒，喃喃的說：「回去找你的阿爸，阿母。」

我望著阿公，望著他那一臉「幸福的光芒」，全身感到暖洋洋。

阿公一直看到那條蛇沒有了蹤影，才回過頭來，看了我一眼。天真無邪的對我說：「牠回家了。」

「那條蛇的家不會在這裡吧？」我想，但我沒有說話。我強忍著心中的酸楚回阿公一個甜甜的微笑。

阿公望著那座山看了一會兒，臨走之前，阿公把那個裝蛇的竹簍子

蓋好蓋子，掛在身邊的一棵樹上。

「怎麼？不要了？」

阿公嘟著嘴說：「你媽媽不是說我年紀大了，不要再抓蛇了嗎？」

「噢！」我說：「也對，你六十五歲了，正是退休的年紀。」

我們默默的走下山，路過阿公的老家。

「走，我們送請帖進去吧！」阿公從懷中取出一紙燙金的紅帖子，昂首闊步的走進他的老家。

我跟在他後面，微笑的望著阿公高大的背影，酷酷的走進他們家的大廳。

現代少兒文學獎徵文辦法（摘要）

指導單位：行政院文化建設委員會
主辦單位：九歌文教基金會
協辦單位：九歌出版社有限公司

一、宗　旨：鼓勵作家創作少兒文學作品，以提升國內少兒文學水準，並提高少兒的鑑賞能力，啓發其創意，並培養其開闊的世界觀以及對社會人生之關懷。

二、獎　項：少年小說——適合十歲至十五歲兒童及少年閱讀，文長四萬至四萬五千字左右，最長不得超過四萬八千字。

三、獎　金：

行政院文化建設委員會少兒文學特別獎——獎金二十萬元，獎牌一座。

評審獎——獎金十二萬元，獎牌一座

推薦獎——獎金八萬元，獎牌一座。

榮譽獎若干名，獎金每名四萬元，獎牌一座。

四、應徵條件：

1.海內外華人均可參加，須以白話中文寫作。每人應徵作品以一篇爲限。爲鼓勵新人及更多作家創作，凡獲九歌現代少兒文學獎首獎者，三年內不得參加。

2.作品必須未在任何報刊發表或出版。獲獎作品之出版權歸主辦單位所有，由協辦單位負責支付該書專人插畫費用，並另行簽約支付版稅。

五、應徵作品經彌封後，即進行初審、複審、決審。評審委員於得獎名單揭曉時公布。

附記：本辦法為歷屆徵文辦法之摘要，每屆約於每年十月至翌年一月底收件，提供有志創作少兒文學者參考（所有規定，依各屆正式公布之徵文辦法為準）。

第三十集（全四冊）
單冊 170 元／全套 680 元

⑪⑦風與天使的故鄉　林佩蓉著　⑪⑧七彩肥皀泡　李志偉著
⑪⑨少年鼓王　鄭如晴著　⑫⓪尋找蟋蟀王　盧振中著

第三十一集（全四冊）
單冊 170 元／全套 680 元

⑫①創意神豬　呂紹澄著　⑫②寒冬中的報歲蘭　陳沛慈著
⑫③下課鐘響　羅世孝著　⑫④魔法雙眼皮　黄秋芳著

第三十二集（全四冊）
單冊 170 元／全套 680 元

⑫⑤逃家奇遇記　王　蔚著　⑫⑥來去樂比樂　林舒嫻著
⑫⑦陽光叔叔　陳貴美著　⑫⑧黃色蝴蝶結　黄麗秋著

第三十三集（全四冊）
單冊 170 元／全套 680 元

⑫⑨圖書館精靈　林佑儒著　⑬⓪泰雅少年巴隆　馬筱鳳著
⑬①基因猴王　王樂群著　⑬②貓　女　劉碧玲著

第三十四集（全四冊）
單冊 170 元／全套 680 元

⑬③花糖紙　饒雪漫著　⑬④年少青春紀事　王文華著
⑬⑤我家是鬼屋　陸麗雅著　⑬⑥一樣的媽媽不一樣　梁雅雯著

第三十五集（全四冊）
單冊 170 元／全套 680 元

⑬⑦有了一隻鴨子　呂紹澄著　⑬⑧阿樂拜師　蘇　善著
⑬⑨藍天鴿笭　毛威麟著　⑭⓪米呼米桑·歡迎你　王佷凱著

第二十四集（全四冊）

單冊 170 元／全套 680 元

⑨³鳳凰山傳奇　劉台痕著　⑨⁴姑姑家的夏令營　鄭宗弦著

⑨⁵少年行星　眠　月著　⑨⁶都地之家　朱秀芳著

第二十五集（全四冊）

單冊 170 元／全套 680 元

97 阿公放蛇　陳瑞壁著　98 藍溪記事　匡立杰著

99 姊　妹　劉碧玲著　100 第一百面金牌　鄭宗弦著

第二十六集（全四冊）

單冊 170 元／全套 680 元

101 二〇九九　侯維玲著　102 期　待　林音因著

103 南昌大街　王文華著　104 蘭花緣　鄒敦怜著

第二十七集（全四冊）

單冊 170 元／全套 680 元

105 靈蛇武龍　陳金田著　106 又見寒煙壺　鄭宗弦著

107 世界毀滅之後　王　晶著　108 成長的日子　蒙永麗著

第二十八集（全四冊）

單冊 170 元／全套 680 元

109 媽祖回娘家　鄭宗弦著　110 超級小偵探　王　晶著

111 藍天使　林音因著　112 河水，流啊流　臧保琦著

第二十九集（全四冊）

單冊 170 元／全套 680 元

113 少年放蜂記　馮　傑著　114 送奶奶回家　陳貴美著

115 再見，大橋再見　王文華著　116 我們的山　陳肇宜著

第十八集（全四冊）
單冊 170 元／全套 680 元

⑹老蕃王與小頭目	張淑美著	⑺天才不老媽	陳素宜著
⑺奔向閃亮的日子	趙映雪著	⑺十三歲的深秋	黃虹堅著

第十九集（全四冊）
單冊 170 元／全套 680 元

⑺阿雄與小敏	俞金鳳著	⑺一道打球去	李民安著
⑺隱形恐龍鳥	張永琛著	⑺小掌故大啓示	應平書著

第二十集（全四冊）
單冊 170 元／全套 680 元

⑺兩本日記	莫劍蘭著	⑺阿高斯失蹤之謎	盧振中著
⑺冬天裡的童話	馮　傑著	⑻永遠小孩	黃淑美著

第二十一集（全四冊）
單冊 170 元／全套 680 元

⑻菲利的幸運符咒	琦　君譯	⑻戈爾登星球奇遇記	陳曙光著
⑻秀巒山上的金交椅	陳素宜著	⑻小子阿辛	木　子著

第二十二集（全四冊）
單冊 170 元／全套 680 元

⑻藍藍的天上白雲飄	屠　佳著	⑻第三種選擇	陳素宜著
⑻ LOVE	趙映雪著	⑻紅帽子西西	林小晴著

第二十三集（全四冊）
單冊 170 元／全套 680 元

⑻我愛綠蠵龜	子　安著	⑼荒原上的小涼棚	盧振中著
⑼孿生國度	陳愫儀著	⑼蘋果日記	劉俐綺著

第十二集（全四冊）

單冊 170 元／全套 680 元

㊺愛吃糖的菲利	琦　君譯	㊻彩虹公主	陳金田著
㊼魔　鏡	陳玉珠著	㊽老鼠看下棋	吳夢起著

第十三集（全四冊）

單冊 170 元／全套 680 元

㊾麒麟下山	謝鵬雄著	㊿胖胖這一家	楊小雲著
51我是英雄	朱秀芳著	52奇蹟俱樂部	丁　羊譯

第十四集（全四冊）

單冊 170 元／全套 680 元

53九龍闖三江	戎　林著	54五十一世紀	劉臺痕著
55茵茵的十歲願望	楊美玲／趙映雪著	56我們的土地	柯錦鋒著

第十五集

單冊 170 元

57雪地菠蘿	陳曙光著	58北京七小時	邱　傑著
59我是一隻博美狗	俞金鳳著		

第十六集（全四冊）

單冊 170 元／全套 680 元

61重返家園	陳曙光著	62少年曹丕	陳素燕著
63安妮的天空安妮的夢	胡英音著	64家有小丑	秦文君著

第十七集（全四冊）

單冊 170 元／全套 680 元

65小偵探菲利	琦　君譯	66飛翔的恐龍蛋	馮　傑著
67飛奔吧！黃耳朵	屠　佳著	68回　家	趙映雪著

第六集

單冊 170 元

㉑科學小故事　楊思諶著　㉒大懶蟲與小仙子　哈　潑著
㉔小女生世界　蔡澤玉著

第七集（全四冊）

單冊 170 元／全套 680 元

㉕新西遊記　張寧靜著　㉖奇奇歷險記　應平書著
㉗洗腦人的祕密　揚　歌譯　㉘青蛙之謎　路安俐譯

第八集

單冊 170 元

㉙機器人遊歐洲　張寧靜著　㉚歡唱在林野中　朱秀芳著

第九集（全四冊）

單冊 170 元／全套 680 元

㉝阿喜阿喜壞學生　蔡文甫編　㉞草原上的星星　廖輝英著
㉟嘉嘉流浪記　楊小雲著　㊱猴子進城　哈　潑著

第十集（全四冊）

單冊 170 元／全套 680 元

㊲小瑩和她的朋友　楊小雲著　㊳頑皮故事集　侯文詠著
㊴小黑炭和比比　呂紹澄著　㊵彗星人的祕密　揚　歌譯

第十一集（全四冊）

單冊 170 元／全套 680 元

㊶聾兒冬冬的世界　冰　子著　㊷醜　醜　周芬伶著
㊸時間魔術師　黃　海著　㊹吹泡泡的小馬　王　玉著

九歌少兒書房

九歌少兒書房，自民國七十二年創立，累獲各大獎項肯定。自第十四集起，即協辦九歌文教基金會少兒文學獎，出版獲獎作品，普獲各界信賴。是提升少兒閱讀能力、學習作文的最佳範本！

第一集

單冊 170 元

①五彩筆　楊思諶著　②小勇的故事　楊小雲著
④中國名人故事　蔡文甫著

第二集

單冊 170 元

⑤香味口袋　向　明著　⑥中國神話故事　向　陽著

第三集

單冊 170 元

⑨豆豆的世界　楊小雲著　⑩糖果樹　向　明著
⑪鑽石失踪記　汴　橋譯

第四集

單冊 170 元

⑬地心歷險記　張寧靜著　⑭超級糖漿　汴　橋譯
⑯楊小妹在加拿大　卜貴美著

第五集（全四冊）

單冊 170 元／全套 680 元

⑰我愛丁小丙　楊小雲著　⑱中國寓言故事　向　陽著
⑲撒哈拉之旅　張寧靜著　⑳風箏　朱秀芳著

九歌兒童書房 ㊀97

阿公放蛇

定　價：170元

著　　者：陳　瑞　璧
繪　　圖：陳　裕　堂
發 行 人：蔡　文　甫
發 行 所：九歌出版社有限公司
臺北市八德路3段12巷57弄40號
電話／25776564・傳眞／25789205
郵政劃撥／0112295-1
九歌文學網：www.chiuko.com.tw
印 刷 所：崇寶彩藝印刷股份公司
法律顧問：龍躍天律師・蕭雄淋律師・董安丹律師
初　　版：1999（民國88）年7月10日
初版7印：2009（民國98）年10月10日

ISBN 957-560-607-8　　Printed in Taiwan
書號：A2597

國家圖書館出版品預行編目資料

阿公放蛇 / 陳瑞璧著, --初版. --臺北市：
九歌， 民 88
面； 公分. -- (九歌兒童書房 ; 97)

ISBN 957-560-607-8(平裝)

859.6 88006787